# 朵朵小語

## 現在的你，就是剛剛好的自己

朵朵 著

朵朵小序

# 現在的你，就是剛剛好的自己

這個傍晚，我一如往常，到離家不遠的湖邊去散步靜心。

眼前的水面倒映著夕陽的粼粼波光，一隻水鳥以優美的姿態飛掠而過，湖邊盡頭起伏著青山的稜線，山上人家已亮起晚燈，暮色中顯得分外璀璨。黃昏的風很清涼，湖水在風中流動，桂花的甜香在風中流動，整個世界都在風中流動。

此時此刻，除了全心全意感受這個當下，所有的念頭都止息了，過去和未來都消失了，只覺得自己沉浸在無邊的寧靜之中，與整個存在一起流動。

在這樣的當下，就像每一個在湖邊靜心的傍晚，時時刻刻都是剛剛好的現在。

而現在的我，也是剛剛好的自己。

＊

剛剛好，就是不需要更好，也沒有最好。一切都在恰當的狀態，本然的狀態，不增不減，不多不少。

無論是更好還是最好，都指涉了對於未來的追求，追求更豐盛的人生，追求更美好的自己，但追求的同時也反映了相對的匱乏，表示其中有不足、不滿與不安。

剛剛好則是一切都平衡無失，圓滿無缺。不需要更好，所以不會有缺憾；也沒有最好，所以無須比較。

剛剛好不在於現實狀態，而在於自己的心態。只要心裡覺得一切都剛剛好，自身的存在就會剛剛好，看出去的世界也才會剛剛好。

因此，與其說一切都是最好的安排，不如說一切都是剛剛好的安排。

*

每一個書寫朵朵小語的時刻，也是剛剛好的心情。

在這本小書裡，除了有六十篇全新的小語，還有十封信，分別寫給等愛的你、暗戀的你、總覺得自己很不幸的你、面臨疾病與無常的你、承受社會與職場壓力的你、至愛永遠離去的你、以真心換絕情的你、憂鬱的你、與至親永別的你，還有和自己一起去旅行也和自己一起走在人生道路上的你。

親愛的，或許你會在這些信中發現自己的影子，看見自己的困惑，也希望你能在其中得到自己的領悟、療癒與答案。

從《朵朵靜心小語：一個人的寧靜與甜美》之後，每一本小語都有朵朵的手寫字，這本也是的，包括十篇朵朵小信以及封面上的副書名，都是我所寫的「朵朵手寫體」，希望能呈現手寫信的質感與溫度，也希望你會喜歡這樣的用心。

這次的封面，一如以往，美編昱琳做了美不勝收的數款，也一如以往，經過層層篩選後，又是留下兩張讓我難以抉擇，要謝謝「朵朵寫作坊」的同學們幫忙票選，讓這張藍綠色為底的粉色玫瑰封面在最後勝出。在此也要謝謝昱琳，還有默契十足的文編承歡，為這本小書付出的心意和力氣。

每一回的成書，都是眾人合作的結果。真心謝謝一切的發生。

*

還要謝謝的，是拿起這本書的你。因為你的存在，這本書才能被看見。

親愛的，放下那些不足、不滿與不安的匱乏感吧，那些都來自於和他人比較。當心裡不再有任何對自己的批判，就有了內在的自由，因為那代表完全地接納自己，而愛就是接納，愛也是自由。

接納每一個當下的自己，相信一切都是剛剛好，這是愛自己的途徑。

不必追求完美，因為你已是完整的。也不必追求第一，因為你已是唯一的。

此時此刻，就像每一個平靜安穩的時刻，都是剛剛好的現在。

現在的你，就是剛剛好的自己。

# 目次

## 9



## 10

# 1

如果別人沒有珍惜妳，
那麼就更要好好珍惜自己，
如果別人不懂得愛妳，
那麼就更要好好愛自己。

# 一切都是剛剛好

花開得剛剛好。光照得剛剛好。雲飄得剛剛好。風吹得剛剛好。
花落得剛剛好。天陰得剛剛好。雨下得剛剛好。水流得剛剛好。
存在中的一切，一定都是剛剛好，否則不會發生。
你的存在，一定也是剛剛好，因此才能呈現你現在的樣子。
當下的宇宙，就是剛剛好的宇宙。
親愛的，現在的你，也就是剛剛好的自己。

# 好好地活著

親愛的，你有喜歡做的事嗎？

做自己喜歡的事吧！也許是畫畫或手作或創作或其他，只要是讓自己快樂的事都好。

親愛的，你有想愛的人嗎？

愛自己想愛的人吧！只是單純地愛著而已，感覺那份愛的喜悅與美妙，不求任何回報。

能做自己喜歡的事，能愛自己想愛的人，並且從其中得到心靈的成長，感到生命的存在。

若能如此，就是好好地活著了。

# 獨處讓你自由

如果一個人不喜歡獨處，那麼他也不會得到自由。

因為一個人只有在獨處的時候，才能成為真正的自己。

不喜歡獨處的人感覺到的是寂寞，希望有人可以填補自己的時間與感情。

喜歡獨處的人感覺到的則是寧靜，因此一切自在無所求，而這即是心靈的自由。

所以，親愛的，你喜歡獨處嗎？

或許也可以這麼問：你喜歡和自己在一起嗎？

歸根結柢，你之所以喜歡和自己在一起，是因為你喜歡自己。

換句話說，因為你喜歡自己，所以你也就得到了不受他人控制的自由。

# 人與人之間

驀然回首，你才發現和那個人之間已經愈走愈遠，彼此的身影就快要在對方的回眸中消失不見。

你有一些悵惘，一些傷感。還有一些留戀，一些懸念。

但你也知道人與人之間都是時效限定的因緣，像風中飛絮偶爾相遇，像水中浮萍錯身而過，留不下也抓不住，不是你能左右，你只能看著飛絮遠揚，看著浮萍漂流。

你同時也明白，對這一切唯有釋然，只要在相處的時候曾經有過真心的交流，其實就已足夠。

# 世界的核心

你愛他，卻不該把他放在比自己更重要的位置，因為你才是你這個世界的核心，他不是。

愛並非以他者為世界，若是把別人看得比自己更重要，那就曲解了愛的真義。「我愛你更勝過愛我自己」並不會讓彼此更好，相反的，那只會讓自己的世界失衡。

若是世界都傾斜了，你怎麼會快樂？你周圍的人又怎麼會好？

所以，親愛的，找回你的快樂，把重心放回自己身上來吧。

# 與自己和解

來自夏威夷的心靈療法中有一樣自我清理的工具，是常常默唸「我就是這樣的我」，也可以用英文，I Am The I.

這句話像一個提醒，時時刻刻都要與自己和解。

常常默唸這句話，那麼從你內心深處的某個地方，就會湧起一股奇妙的勇氣，感到喜悅與平靜，彷彿瞬間充滿能量，可以面對一切未知。

親愛的，愛自己，與自己和解，時時刻刻告訴自己：

「我就是這樣的我。我完全接納這個當下的我。」

「我喜歡這個真正的我，因為我就是這樣的我。」

朵朵小信

# 在多年的等待以後

他來到這所醫院的時候，還是個住院醫師，而妳則是已工作多年的資深護理師，他常常藉由詢問事情與妳攀談，偶爾還會帶些甜點給妳。他對妳的好感，大家都看在眼裡，妳心中也悄悄起了一些變化，會開始期待他的出現。在繁忙勞累的護理工作中，與他的互動讓妳覺得日子有了幾分甜。

隨著時日堆疊，你們會互傳訊息分享彼此對許多事情的感覺，會在深夜人靜時藉由網路聊到忘我，偶爾也會相約出去走走，而妳不確定這是否就是愛情？畢竟彼此之間從來沒有說破，他也從來沒有牽過妳的手。你們之間維持著某種曖昧的張力，那雖然讓妳感到甜蜜，卻也帶來更多苦惱。

甜蜜在於「好像」有人喜歡自己，苦惱則在於這份喜歡好像也只是「好像」而已。妳和他之間始終處於這樣不冷不熱的狀態，妳始終把握不定他若有似無的心意。就這樣六年過去，妳一直在等待著某個突破，但是那個突破從來沒有發生，妳卻已經在這樣的不確定裡流失了最後的青春時光。

後來他的態度慢慢變得冷淡，在醫院走道上迎面相遇也彷彿視而不見。妳不知道這是怎麼回事，幾番寫了訊息想問他，卻猶豫著總是沒有勇氣傳送出去。

再後來就傳出了他結婚的消息，對象是另一所醫院的女醫師。他對妳的態度為什麼變得冷淡？這個事實給了妳殘酷的答案。

數年的等待與張望悄悄戛然而止，某種不確定的情感瞬間歸零，但無法平息的是深深的失落。因此妳問：

為什麼希望會帶來失望？為什麼妳的感情沒有被珍惜？在經過這樣的蹉跎與打擊之後，妳還能期待未來嗎？

親愛的，人生裡有些時候是會如此，妳滿懷希望地種下玫瑰的種子，後來長出的卻是荊棘，妳沒有得到期待的花香，反而在那些刺戟裡受傷。

但首先，請接受自己的失落、沮喪、難堪、挫折……並且告訴自己，這些都是經驗而已，它們不過就是人生的一部分，失望的經驗無人可以避免，只是會以不同的事件展現。

然後請告訴自己，雖然妳的感情沒有被好好珍惜，但這並不減損妳的價值。自我價值是自己給的，與別人毫無關係。如果別人沒有珍惜妳，那麼就更要好好珍惜自己，如果別人不懂得愛妳，那麼就更要好好愛自己。

妳說與他還是同事，偶爾還是會在工作場所中遇見，而妳不知道該如何面對他？親愛的，妳沒有做錯什麼，所以就大大方方地正視他吧。他曾經是怎麼想妳的，後來又為什麼那樣冷淡地對待妳，那都不重要，也無須再追究。無論過去有過什麼，或是沒有過什麼，那都是過去的事了，現在的他不過只是一個再普通不過的同事而已。

人與人之間的緣分有深有淺，妳與A的經驗並不等於與B的經驗，所以妳當然還是可以期待下一個人的出現。在真正長久的情緣來到之前，總會有幾支插曲。

然而無論如何，他人終究都是生命裡的過客，妳才是自己人生的主旋律。

所以，可以期待，但不必等待。當不再等待虛渺的別人，屬於自己的真實歲月才會開始。

寵愛自己，好好陪伴自己，唱自己想唱的歌，知道自己的獨一無二。這些都比等待別人更重要。

親愛的，妳若能喜歡自己，和自己在一起的時時刻刻都覺得甜美，那麼，下一個人是否出現，其實也就無關緊要了。

# 2

喜歡一個人是內在的發生，
有如心裡的花開，
其中風景也只有自己最明白。

# 愛如花開

你無法要求一朵花立刻綻放，就像無法要求一個人照你的意願來愛你。

花的開啟和愛的發生都有其神秘的旨意，只能順其自然。

但你可以照顧那朵花，給她陽光、空氣和水，溫柔地和她說話。那麼當她在她的時間開花的時候，就像愛發生了一樣。

同樣的，你也可以好好對待那個人，關心他，傾聽他，在他需要的時候陪伴他。那麼有一天，當他的愛向你敞開的時候，也將像是你親手照顧的花終於綻開了一樣。

# 說你心裡的話

如果你心裡想的是這樣，就不要說的是那樣。

如果你不喜歡這個狀況，就不要說出違背心意的話。

若是你的心和你的口各說各話，宇宙接收到的就是矛盾的訊息，那麼你真正希望的不會發生，反而可能成就了你並不想要的結果。

換句話說，當你希望某件事情發生，要明確地表達你的期望；當你不願某件事情來打擾你，也要明確地表達你的拒絕。

親愛的，自我和諧的首要，在於心口合一，表達真正的自己。

所以，說你心裡的話，讓宇宙聽見你真正的聲音。

# 假設的都不是真實的

當有一天，你不再猜測別人怎麼看你怎麼想你，你就自由了。

當有一天，你對自己獨一無二的價值沒有懷疑，你就自由了。

事實上，別人也沒在看你沒在想你，每個人不過是在對他人的投射裡看著自己想著自己。

根深柢固的痛苦，往往來自於無法接受真正的自己，而不能接受自己的癥結，總是在於你所假設的別人。

既然是假設，那麼就不是真的。換句話說，你只是白白痛苦了而已。

親愛的，活在你的自由自在裡，而不要活在你所假設的別人眼光裡。

成為自由的自己，需要的是愛自己的勇氣，而愛自己的勇氣，開始於不再期待外界虛幻的讚美與肯定。

# 常常靜心

守護你的心，讓你的心像水晶一樣通透，映照你的世界。

外表、家世、財富與學歷，那些都只是外在的條件，會隨著時間變化，也會隨著對象不同而有不同的評價。

但一顆善良純淨、充滿智慧的心，卻是無論經過歲月怎樣的改變，都能讓一個人呈現出他最好的樣子。

真正的美是從內心散發出來的，真正的豐盈也都在你的心裡。所以，親愛的，常常靜心，常常看著自己內在的天光雲影，常常感覺自己的心有如映照一切的水晶。

# 不過是過眼雲煙而已

你希望他喜歡你。你擔心他不喜歡你。

因此你總是假想以他的眼光來看自己，看自己哪裡有缺少，看自己哪裡不夠好。

於是你愈來愈不安，於是你愈來愈討厭自己。

親愛的，這世界上不會有任何人值得你為了得到他的喜歡，卻開始挑剔自己，嫌棄自己，反而不喜歡了自己，就算那人是白馬王子或白雪公主都不可以。

請永遠都要記得，這世界上你最該在意喜不喜歡你的那個人，就是自己，也唯有自己。

至於別人，真的只是過眼雲煙而已。

# 自在做自己

天空裡的雲朵何其自在，隨風飄飛，當變天的時刻到來也無所猶豫，就痛快地滴水成雨。

沒有一朵雲會壓抑自己，你又何必有那麼多的框架？

勇敢地表達你內心真正的感受，活出你想要的那個自我。就像雲一樣，想哭的時候不需要遲疑，想笑的時候就開懷地笑吧。

他人不是你，沒有人可以代替你活出你想要的那個自己，也沒有人有權利為你下定義。

就算在他人眼中，你很完美又如何？若是你不喜歡自己，這一切有什麼意義？

親愛的，在自己的天空裡自在做自己，人生在世，不過如此而已。

朵朵小信

# 喜歡一個人

妳說，妳是個三十歲的小資女，每天都過著平凡的生活，上一次談戀愛是六年前。

六年來情感空窗的日子，妳每天上班下班，出門回家，看著鏡子裡的容顏從青春嬌美漸漸增添了歲月光影，就像一朵花盛開到極致，最美的同時卻也是萎謝的開始。

妳不是沒有人追，但來來去去的都是過客，不曾有任何一人在妳心中駐留。妳有時會為自己心急，是不是一輩子就要這樣孤單終老？

然後那個男孩出現了，他是個大二的學生，剛滿二十歲，在某家公司打工送貨，與妳的工作單位有些往來。他工作認真，再累再苦也從未表現出厭煩的表情，臉上總是帶著輕鬆的微笑，與人說話時則有些靦腆，讓他給人的感覺更多了一份未被世俗汙染的純真。每回看到他，妳都覺得心裡有花開，彷彿被他的微笑治癒了，而隨著愈來愈多的接觸與互動，妳心裡悄悄有了某些變化，那是難以對人訴說的秘密情愫。

妳說，不知從何時開始，他已成為妳心上的那個人。每天妳都期待看到他，可是每天，妳也都因為沒看到而心神不屬，或是因為看到他而心神蕩漾。許多次，面對他忽然的出現，妳瞬間就要忘了呼吸，直到他離去，妳才能長長吐出一口氣。妳的日記上寫滿了他的名字，以及為他寫的詩句。妳說妳喜歡他的微笑，像是徐徐的微風，妳也喜歡他帶笑的眼睛，有如明亮的小行星。

妳說妳好想把滿腔的愛慕與欣賞表達給他，可是眼前卻橫亙著現實的問題，妳無法不在意這十歲的差距。

因此妳問，該讓他知道妳喜歡他嗎？

親愛的，喜歡一個人時，那種為了一個人而歡喜憂傷的心情感受，本身已是最美的回報，因為人活在世界上愈久，要真心喜歡一個人愈難。只為了那個人的存在，妳就覺得這個世界如此可愛，這樣的心情多麼美好，卻也多麼不容易。

我無法建議妳是不是該讓他知道妳的心意，畢竟這必須是妳自己有沒有準備好的決定。但親愛的，我很願意對妳說，好好感受這種喜歡一個人的心境吧！這種心境從來都不受限於年齡與時間，也不受限於任何外在現實條件。喜歡一個人是內在的發生，有如心裡的花開，其中風景也只有自己最明白。

我曾經寫過一篇小語，題目就是〈喜歡一個人〉，收在《一個人的快樂，兩個人的幸福》這本愛情小語裡，而我想在此送給妳。

「喜歡一個人，不該像一朵花掉在泥塘裡，不但拖泥帶水，眼角含淚，而且還讓自己化作了塵灰。

喜歡一個人，要像一片葉子飄在風中，輕盈地悠遊，自在地翻飛，愉快地感覺那種美好的滋味。

只因為世界上有這麼一個人的存在，所以當妳想起他的時候，心裡就有說不出的安慰。

只有祝福，沒有期待。喜歡不求回報，不必頻頻自問對不對。

至於他是不是也喜歡妳，無所謂。」

妳可以這樣去喜歡一個人嗎？若是可以，那麼他知不知道妳的心意，其實也都不重要了。

親愛的，妳還要明白，喜歡一個人是對那個人的讚美，因此，如果妳最後的決定是無論如何都要讓他知道妳的愛慕，那麼若他是個內心成熟的人，將會感謝妳對他的讚美；若他因此驚慌逃避，妳也要釋懷並放下。告白的意義在於勇敢地表達自己，如果他值得這份告白，那麼無論他接不接受，都會珍重妳的心意；若是他冷漠以對，那麼妳雖然會覺得傷心，卻更該感到釋然，因為這樣妳就可以放下對他的懸念了。

但親愛的，無論妳喜不喜歡一個人，要不要讓他知道妳的心意，在此之前都要先喜歡自己，並且告訴自己：對妳來說，自己才是全世界那個最重要的人！妳是獨一無二的存在，千萬不要因為別人喜不喜歡自己而對自我產生懷疑。如果妳因為喜歡一個人而不喜歡了自己，那麼就該放下這份懸念，因為沒有任何一個人值得妳為了他而否定自己。

愛情很美好，那讓人感覺自己的心跳，知道自己實實在在地活著，然而，親愛的，請記得，唯有好好愛自己，妳才有愛人的能力，也才有讓別人愛上妳的魅力；還要

記得，這世界上唯一可以與妳天長地久的就是妳自己，
妳才是自己永恆的愛人。

# 3

我們與其凝視自己的不幸，
不如看見自己的幸運；
與其想著自己，
不如想著別人；
與其埋怨為什麼是我，
不如試著感同身受別人的苦難。

# 你的幸福

因為吃到好吃的東西，你覺得幸福。

因為和喜歡的人在一起，你覺得幸福。

因為天氣很好，陽光很舒服，你覺得幸福。

但並不是天氣給你幸福，不是食物給你幸福，甚至不是喜歡的人給你幸福。

而是你對它（他）們的感覺，讓你心裡升起愉悅的感受，而你覺得那種感受叫做幸福。

親愛的，幸福在於你如何去感覺，所以只有自己可以給自己幸福；或者可以這麼說，只要你覺得幸福，你就真的幸福。

# 傾聽與傾訴

你總是想對什麼人解釋什麼，訴說什麼，表達什麼，告知什麼。

但是，當話說出去之後，你又總是覺得有些言猶未盡，有些悵然若失。

言語其實是一種不完全的溝通工具，往往在急切地把它投遞出去的時候，也造成了某種漏失。因為，對方的解讀恐怕與你心裡的意思有不可預測的距離。

言語與誤解是一對孿生兄弟。許多時候，與其多說，不如不說。

傾聽和了解卻是另一對雙生姐妹。許多時候，靜下心來傾聽對方，比急欲傾訴什麼更重要。

親愛的，在傾訴之前先傾聽對方，那麼言語的誤解會少些，你與他人的關係也會順暢些。

# 你本來就是完整的

每個人有每個人的感覺和想法，每個人也有每個人的意識與認知，因此不會有一致認同的那個最高的標準，換句話說，也不會有完美。

本來就沒有一張完美的臉，沒有一種完美的狀態，這也不是一個完美的世界。

所以努力追求完美的你，不就像是月亮追求太陽，永遠也追求不到嗎？

完美是個虛幻名詞，並不真正存在。你並不完美，不必完美，也不可能完美。

然而你本來就是完整的，你有自己的特質和模樣。

接受你真實的樣子，呈現自在無偽的自己，你的舉手投足自然就會流露出屬於你獨特的樣子，雖然不完美，卻一定是剛剛好的魅力。

# 遺失的手錶

聽過這個小故事嗎？

某人找不到他的手錶，氣急敗壞地翻箱倒櫃，但怎麼樣就是找不著。他的朋友正好來訪，勸他先去散散步，自己會幫忙找。某人出門走了一圈回來，發現朋友真的找到了自己的手錶，驚訝地問是怎麼辦到的？朋友說：

「我什麼也沒做，只是安靜地坐下來而已。然後，我聽到滴滴答答的聲音，就找到你遺失的手錶了。」

親愛的，正如這只手錶一樣，你要尋找的答案其實一直都在那裡，當你的心安靜下來，就能聽見它的聲音。

# 不需要更好

放下焦慮不安，放下種種對自己的挑剔，放下所有的未盡人意和一切的不滿意。只要知道，現在的你，就是剛剛好的自己。

不需要再增加或減少什麼，不需做什麼或到哪裡去，不需要某某人來讚美你。只要知道，此刻當下的你，已是一切俱足的自己。

所有的焦慮與不安，往往都來自於不夠相信自己，所以若是能衷心悅納自己，對自己的負面想像也就消失如煙雲。

親愛的，全心全意地接受自己吧。現在的你不需要更好，現在的你一切已是剛剛好。

# 做一個懂得感謝的人

抱怨並不能讓事情變好，感謝才能化解一切。

與別人相處是這樣，與自己相處又何嘗不是？

不開心的時候，來試試感謝這帖心靈的解藥：

如果心中充滿憂慮，感謝會讓你得到內在的平安。

如果心中充滿憤怒，感謝會為你帶來緩解與平靜。

那麼要感謝什麼呢？有什麼值得感謝？你問。

親愛的，生命本身就是恩寵，有太多太多可以感謝了。

感謝上天給你雙眼去看見這個世界，感謝上天給你雙腳去你想去的地方。

感謝天空在你的上方，大地在你的腳下。感謝微風的撫觸，星辰的閃耀……

感謝的你會知道，自己擁有的何其多，而基於吸引力法則，豐盛的感覺會帶來更多的豐盛，於是你想要的美好也將會來到。

朵朵小信

# 為什麼是我？

你說自己情路坎坷，從小到大，你不斷地喜歡別人，卻也不斷地對別人失望，因為你不是被婉拒，就是被重傷。你問：為什麼所有喜歡的心情後來都會變成失望與受傷？

你說自己也曾有過幾段感情，但總是遇到問題重重的對象，短暫的甜蜜之後，就是麻煩的開始。你問：為什麼曾經以為的美好最終卻是以變調收場？

你說因為躁鬱症的緣故，每一回心情的起伏跌宕，就像坐在情緒的雲霄飛車上，身不由己，心也不由己，那種失控的感受十分痛苦。你問：為什麼你要承受這種荒涼？

活著是這麼艱難的事，而你有著滿腔的委屈與憤怒，你說你從沒做過壞事，壞事卻老是跟著你，因此你頻頻追問：為什麼？為什麼是我？為什麼這些事會發生在我身上？

親愛的，你讀過《潛水鐘與蝴蝶》嗎？

這本書的作者尚多明尼克曾是法國時尚雜誌ELLE的總編輯，他熱愛人生，也擁有一切，卻在四十多歲那年，因為腦幹中風而一夜倒下，從此全身癱瘓，不能言語，必須靠呼吸器維持生命，也失去一切感官能力，唯一還能活動的是他的左眼。整個身體都不能動彈，唯有意識清醒，有如被禁錮在肉身的牢獄裡，那種無力的感受，就像沉入海底的潛水鐘，從天堂墜入地獄也不過如此。無法再發出任何聲音的他必然也曾反覆不斷在心裡吶喊：為什麼？為什麼是我？為什麼這些事會發生在我身上？

後來，在他的護理師幫助之下，他以眨動左眼來辨認字母的方式，拼出了他想表達的單字，再一個字一個字組成句子，寫成了這本書。那是多麼緩慢又吃力的寫作方式啊，可是他說，他感覺自己眨動的左眼就像飛翔的蝴蝶，承載著種種回憶與想像，可以自由地來去。在那樣的絕境裡，他得到了心靈的超脫。雖然在這本書出版兩天之後，他就過世了，但因為完成了這本書，他的人生也圓滿地落幕。

沒有任何事是理所當然的，許多你從不在意的細節，對某些人來說卻是難以企及的想望，例如在這本《潛水鐘與蝴蝶》裡，尚多明尼克就曾經感嘆：「如果我能自己吞嚥口水，我就是世界上最幸福的人了。」連吞嚥口水都無法自主，必須依靠醫院裡的維生機器，那是怎樣的境地？而我們能好好地走在路上，能好好地吃飯喝水，不就已是莫大的幸福！

親愛的，我想說的是，我們與其凝視自己的不幸，不如看見自己的幸運；與其想著自己，不如想著別人；與其埋怨為什麼是我，不如試著感同身受別人的苦難。當你關注的對象從自己移到別人時，你不會再問：「為什麼這種事會發生在我身上？」而是想知道，自己要怎麼做才可以幫助別人？

不同的事發生在不同的人身上，每天只要打開新聞頁面，隨時都可以看到許多人生的無常與無奈。例如最近這場地震，它造成許多人家破人亡，也許其中有些人也曾經問：為什麼是我？為什麼這些事會發生在我身上？

親愛的，如果其中有你的朋友，你會怎麼回答他呢？

再從另一個角度來看，面對別人的苦難時，你可曾想過：為什麼不是我？為什麼這些事不是發生在我身上？因為不是發生在自己身上，所以你又會想：還好不是我！感謝上天，這些事沒有發生在我身上。

因此，你知道嗎？當你轉換另一個角度來看，當你把抱怨化為感謝，你的心境也就會完全不一樣。

其實每個人都有他的苦難，只是有些你看見了，但有些你看不見。而每個人面對苦難的態度也不一樣，有些人難以忍受，也有些人淡然處之。然而有些痛苦可以藉由轉念而化解，有些則不能，例如躁鬱症，這需要專業醫護人員的幫助，而你需要信任他們，更需要信任自己。

關於人生的種種際遇變化，我們不會知道為什麼是我，也不會知道為什麼不是我，我們再怎麼問為什麼永遠都只是無效也無益的自問自答，因此就把這個問號放下吧，並且要相信，一切都會好起來的！

或許該問的不是「為什麼是我」，而是「我可以怎麼做」。

而親愛的，你永遠都可以用愛來回答這個問題——愛是接納，愛自己就是接納自己，所以心平氣和地接受自己吧！要相信所有發生在你身上的事都有它的意義，即使是像潛水鐘一樣沉重的人生，也能化育出輕盈自由的蝴蝶。

# 4

永遠要像不怕受傷那樣去愛，
要善待周圍的每一個人，
要在還來得及的時候
表達自己真實的感受。
那麼，當離別到來的時候，
可以少留下一些遺憾。

# 天道

你對他人總是很好，但你也發現了，你的好並不總是可以得到他人的回報。

但是，對他人好，並不是為了要他人也對你好，而是你相信宇宙之中有一股善念之流，你只是跟著流走。

跟著流走，別忘了善的初衷。

你給出去的，終有一天都會再回來，就像一支回力鏢，從去到回都是一樣的力道。或許不是以他人回報的形式，而是上天從別處給你的補償。

親愛的，你對人好，上天就會對你好。跟著宇宙之間那股善念之流，即是天道。

# 沒有應該

所有讓你感覺不滿的後面，都有一個你認為的「應該」。

那個人不該那樣說，他「應該」更明白你的意思。

那件事不該那樣做，它「應該」更符合你的期待。

但你覺得應該的，也許是別人覺得不重要的，甚至是從未想過的。

不同的人有不同的想法，不同的想法有不同的呈現，沒有誰「應該」完全遵照你的意思，沒有哪一件事「應該」百分之百符合你的期待。

一個有太多「應該」的人，往往也是一個太過自我的人。對於這樣的人來說，這個世界「應該」按照他的意思來呈現，宇宙「應該」按照他的認知來運行。

親愛的，做個不向別人要求「應該」的人吧。改變別人是不可能的，你唯一可以改變的只有自己。

# 無所事事

你喜歡無所事事，因為在這樣的狀態之中，你的身心鬆柔；因為在這樣的放鬆之中，你感到平靜歡喜。

你不急著到哪裡去，也不忙著做任何事情，所以才能特別清晰地意識著此時此地。

因此親愛的，無所事事其實是好重要的事。因為無所事事，你鬆開緊繃的自己，有了美麗柔和的表情。因為無所事事，你與整個當下和諧相處，感覺到全宇宙的善意。

# 有好心情就有好事情

外在是內在的投射，所以有好心情就有好事情。

那怎麼樣才會有好心情呢？你問。

胸懷寬大，對許多事一笑置之。

不把自己放在比較的天秤上，知道自己獨一無二的價值。

活在當下，覺察此時此地的自己。

是的，只要不計較，不比較，不去愁想過去和未來，就會有好心情。

親愛的，給自己這樣的好心情，宇宙也就會給你好事情。

# 以前的歌

因為偶然聽到那首歌，把你帶回過往的某個時刻。

那曾經是個讓你傷心的時刻，然而經過時間長河的淘洗，難過的感覺悄悄淡去，現在的你已經可以帶著一種距離，看著那時的自己。

你不再悲傷，你感到釋懷，你的心裡有一種透徹，一種了然。

當時你以為過不去的，如今一切都已經成為往事了。

於是你知道，現在的煩惱，終有一天也一定會過去。

# 愛與快樂

人生最重要的，不就是愛與快樂嗎？而且這兩者之間不應該有任何衝突。

愛是快樂的，而快樂會令你心中有愛。

所以，如果愛帶來痛苦，或是快樂裡有殘酷，這其中必然出了什麼差錯。

「我愛你，所以你應該讓我快樂。」這不是真的愛，也不會有真的快樂。

「我愛你，所以我希望你快樂。」這才是愛的真諦，也才是快樂的真義。

朵朵小信

# 就算悲傷也好

妳對未來曾經有許多憧憬，妳希望可以遇見一個真心愛妳的人，並計畫著去幫助許多人，因為妳想要成為自己喜歡的那個人，但所有的憧憬在七年前收到檢查報告的那一刻都瞬間粉碎了。

醫生的宣判令妳不能置信，卻也不容懷疑——惡性腫瘤以妳為宿主，那些壞細胞正在妳的身體裡侵城掠地。

這的事實像是一把無情利刃，將妳的人生霎時切成了兩半。那些憧憬，那些期待，那些美好的想望，從此刻起全部消失，妳被另一個意識牢牢盤據：我還有多久可活？除了恐懼之外，妳還有深深的沮喪與怨懟，不明白上天為什麼要讓這種事發生在妳的身上？

妳無法再繼續從前的生活，卻又不知未來該如何走下去，於是妳辭去工作，離開原本的朋友圈，到另一個陌生的城市將自己隱遁起來，過著自我封閉的日子。

許多時候，妳關在屋子裡，把陽光隔絕在外，因為那樣燦爛的光芒讓妳的心感到刺痛，不知道自己明天是不是還能看見同樣的太陽？後來妳才發現，這樣的自己只是在等死。於是妳幡然醒悟，不會有任何人把妳從這樣的困境裡拯救出來的，妳只能自己改變。

妳離開自我封閉的狀態，開始去上一些心靈成長的課程，漸漸地與外界有了聯結，一絲光芒也漸漸透進妳的生活來。後來妳甚至去某個電影館當起志工，並且在那裡認識了那個十分重要的朋友。

那個朋友大妳幾歲，妳喊他大哥。大哥人很好，對每個人都很親切很溫暖，當知道妳對寫作有興趣，就常常提供這方面的資訊給妳；當知道妳的身體狀況之後，大哥對妳更是關心。後來也是在他的鼓勵與引導之下，妳學著面對真正的自己，那是一連串自我挖掘與探索的痛苦過程，但妳終於真正接納了自己生病的事實。這時距妳知道自己得病，已是六年時光過去。

一旦能夠接納自己，曾經的遮蔽就被揭去，陽光在妳的生活裡重新透亮起來。雖然妳還是不知道意外與明天的太陽哪一個會先來，但妳不再覺得自己只是一個等待死亡的癌症病人，而是一個有權利追求夢想，可以好好擁抱生活的人。

但妳怎麼也沒想到，無常竟以另一種意外的形式來到。某天早晨，大哥出門運動，不幸遇上酒駕者，當場身亡。妳在那天下午知道這個惡耗時，嚎啕痛哭，無法接受這樣殘酷的離別。明明前一天還與他如常地聊天，怎麼第二天他卻已永遠離開了這個世界？

妳哀傷不已，淚如泉湧，哭了三天三夜。

但在為大哥流淚的同時，妳也有一絲為自己的歡喜，因為妳很久很久沒有這樣徹底地哭泣了。知道自己生病之後，妳哭不出來，更笑不出來，妳只是將自己的情緒打包起來，盡量讓自己沒有感覺，因為那樣活著比較不會痛苦，因為那樣就不必體會那些怨尤與恐懼，因為妳以為當一具行屍走肉比當一個人容易多了。然而在妳為大哥長夜痛哭的時候，妳才發現，原來自己還是有血有淚有感覺的，原來自己還是活著的，原來自己還是有愛的。

愛，妳這些年來一直在逃避它，雖然早已筋疲力竭，但那樣的逃避也已成為一種本能的反射。妳不想在有限的人生裡為了別人受傷與受苦，畢竟妳只是顧及自己的身心就已經耗盡全部的力氣。無愛狀態令妳感到安全，所以妳與他人之間總是維持著疏遠的距離，妳用那樣的距離來保護自己。

但現在妳明白，有愛的感覺，才是真正地活著！原來妳始終在逃避的不只是愛，還有自己。

能重新成為一個有情緒有感覺，可以哭也可以笑的人，這真是太好了！妳再度感覺到生命的泉源在妳的血管與心臟之間流動。雖然妳為大哥的離去感到極度悲痛，但即使是那種傷心的感覺都是好的。妳說，雖然不知道什麼時候會再生病，但是妳已不願再把自己封閉起來，在未來的人生裡，妳要好好地感受，好好地生活，好好地去愛。妳說過去已浪費了太多時間，從此以後，妳要好好地活著。

親愛的，謝謝妳與我分享妳的生命故事。這是非常動人，非常勇敢，也非常令人疼惜的真實人生。

人生如此無常，生命總是充滿意外，疾病與死亡往往以妳想不到的方式到來，活在這個世界上，妳永遠也不知道下一刻會發生什麼事，而我們必須學會接受一切發生，與每一個當下和平共處。

無常其實是一個中性名詞，它指涉了無窮的變化，而那即是人生的本質。意外是無常，驚喜也是無常，災難是無常，幸運也是無常，壞事是無常，好事也是無常，悲傷是無常，快樂也是無常……然而也正因為人生如此無常，所以生命才有時時刻刻的變化，而我們也要時時刻刻地提醒自己：永遠要像不怕受傷那樣去愛，要善待周圍的每一個人，要在還來得及的時候表達自己真實的感受。那麼，當離別到來的時候，可以少留下一些遺憾。

離開的人其實並沒有真正離開，他永遠活在妳的心中，只要妳想起他，他的音容笑貌就宛如出現在妳眼前。死亡並不能將有愛的人分開，在更高次元的心靈國度裡，我們所愛的人一直都在。

而且，親愛的，在過去的那幾年裡，妳其實也並沒有浪費任何時間，是因為經歷了那樣的無常，那樣置之死地而後生的過程，所以妳更認識了自己，更明白如何去愛人，因此現在的妳真正成為了那個一天比一天更讓自己喜歡的人。

而未來的妳，依然有無限的可能。

# 5

親愛的，
不要因為被一塊石頭絆了一跤，
就懷疑整條道路都是險惡的。
那不過是一塊石頭而已，
並不是整條道路。

# 比人生的成功更重要的

誰都希望日日是好日，天天有藍天。

可是人生裡總有春夏秋冬，總有風霜雨雪。

生命的高低起伏不可避免，但無論境遇如何，只要以一顆無偽也無畏的心去面對一切，就不會有過不去的時候。

心靈若有足夠的深度，你就可以在春花、夏日、秋風與冬雪之中，感受各自的美麗。

親愛的，還有比人生的成功更重要的，那就是一顆包容一切得失、平靜如深水的心。

# 已是唯一，何需第一

當你明白自己已是唯一，就不會再想要成為第一。

唯一不需要與任何人競爭或比較，也就沒有任何對於他人的羨慕或嫉妒。

第一則有高低的排名，階級的差別，所以得把別人擠下去才能搶到那最高的位子；但就算得到了這個位子，也總有一天會被另一個人取代。

唯一是明白自己的絕對價值。第一則是依賴別人的客觀評價。

唯一是做你自己。第一則是活在他人的眼光裡。

親愛的，你明明已是唯一的，又何苦追求那注定不快樂的第一？

做你自己吧，以你獨特的姿態綻放，開出絕無僅有的花，不為了別人的批評或欣賞，只為了你喜歡自己無可取代的芳香。

# 什麼是成功？

不會有一朵花比另一朵花優秀，也不會有一棵樹比另一棵樹偉大。在植物的世界裡，一切都是平等的。

是人的世界製造了比較，然後帶來了種種競爭，也帶來了種種焦慮與煩惱。

但是把別人比下去，真的就是所謂成功嗎？

如果要以平靜和健康付出代價，這究竟是成功還是失敗呢？

當你把身心靈的安寧與喜悅放在名利權位之前，也就重新定義了成功的意義。

親愛的，做你自己就好，在你的世界裡，你是一棵自在伸展枝葉的樹，也是一朵對著天地微笑的花。這樣的你，不就已經非常美好了嗎？

# 心的寬度決定世界的寬度

你的心有多大，你的世界就有多大。

世界的邊界，由你的心態來丈量。

因為心量的差別，你的世界就會完全不一樣。

親愛的，你的內心可以狹窄也可以包容，可以負向也可以正向，所以同樣的一件事，你可以耿耿於懷，百般追究，也可以一笑置之，輕輕放下。

心的寬度決定世界的寬度，於是你的世界可以是一處汙泥淤積的池塘，也可以是一座無限遼闊的海洋。

# 成為真正的自己

鳥兒沒有歌唱比賽，花兒也沒有選美這回事。鳥兒的歌唱只是牠的天賦，花兒的綻放只是它的本能。

大自然中的一切都是如此，小到一株草葉或一顆雨滴，大到一座山脈或一片海洋，都不是為了討誰的喜歡，不過是處於各自本然的狀態。

親愛的，像一隻鳥，一朵花，那樣就好。

像一株草葉，一顆雨滴，一樣做自己就好。

像一座山脈，一片海洋，成為真正的自己就好。

# 魚不需要爬樹

「每個生命都是天才。然而，如果你用爬樹的能力來評價一條魚有多少才幹，這條魚終其一生都會相信自己愚蠢不堪。」愛因斯坦曾經這麼說過。

你是否也曾經用爬樹的能力來要求像魚一樣的自己？是否聽信了別人對你任意的評價？是否因此自信喪失以致在暗夜裡失落神傷？

別人是別人，自己是自己。魚不需要爬樹，鳥不需要游泳，你也不需要和任何人做比較。

與其以別人為標準，親愛的，不如成為一個獨一無二的你自己。

朵朵小信

# 寫給鬱鬱不振的社會新鮮人

身為一個社會新鮮人，在過關斬將好不容易獲得這份工作的錄用資格之後，你曾經對自己懷抱著很高的期許，也投注了無限的熱情，但你的努力換來的只是一身的傷，最後不得不離開的時候，你只有心冷、疲倦與失望。

因為你遇到了人人都不想遇到的那種上司。

一點小錯誤就疾言厲色地數落，做得再好卻從來得不到她的誇讚，這位女上司急躁易怒，習慣展現權威，身為她的下屬的你首當其衝，三不五時就招來一頓罵。而且她罵人從來不顧別人的自尊心，許多時候已接近人身攻擊，那種被當眾羞辱的難堪讓你每天戰戰兢兢，對自己的工作能力愈來愈沒信心。於是你漸漸感到胃痛、心悸、失眠，每天上班都成為一種壓力。

熬了一年多以後，你終於撐不下去，決定走人。但你雖然離職了，卻沒有離開那種鬱鬱不振的情緒。很長的一段時間，你對一切只覺得悲觀、厭倦，也懼怕再進入下一個工作場域。你說你不能明白為什麼有人會那樣惡劣地對待別人？除此之外，辦公室裡那些爾虞我詐、逢迎拍馬的文化，也讓你覺得非常失望。

因此你問：難道上位的人就可以欺壓下位的人？難道職場就是這樣弱肉強食的叢林？

親愛的，不要因為被一塊石頭絆了一跤，就懷疑整條道路都是險惡的。那不過是一塊石頭而已，並不是整條道路。

人生的第一份工作遇到這樣的主管，這確實是一種負面的經驗，但那也只是一個經驗罷了，那些指責與挑剔，不必放到自己心裡去。你若對她的言語耿耿於懷，就無異於接受了她對你的評價，然而，你永遠不需要認同一個充滿負面能量的人，更不需要認同這個負面的人對你的看法。

負面的人總是習慣從負面解讀一切的人事物，那就好像某種充滿毒素的飲料，既然你已經知道那是有毒的，還會喝下去嗎？

這也好像，有人寄給你一個裝有炸彈的包裹，你已經知道裡面是炸彈，還會收下嗎？

親愛的，請記得：你永遠有絕對的選擇權，可以決定自己要接受什麼，或是不接受什麼。

也請不要忘記：沒有任何人能傷害你，除非是你賦予那個人傷害你的權力。

再從另一個角度來看，或許你該慶幸，這位主管只是一個工作上遇到的人，而不是你的親人，也不是你的朋友。你離開了那份工作也就從此遠離了那個人，從此雲淡風輕；若是親人或朋友，那其中必然參雜了情感因素，才真的令人為難。

這位女上司會對人如此不留情面地疾言厲色，正反映了她內在的某種空缺，她不滿意的其實並不是被她責罵的人，而是她自己。你不過是她對外的投射，這個投射可以是任何人，只是你正好出現在她面前。

所以，真的不必在意她那些負面的言語，你收下它們才會與你有關，你拒絕收下，就與你毫不相關。也無須生氣，因為憤怒這種強烈的情緒亦是一種對對方的認同。

因此，平靜以對，甚至一笑置之吧。

如果實在氣憤難平，就寫一封信，把所有想說的話全都寫在信裡，然後把它撕成粉碎。若是一封不夠，就再寫一封，最後，你總會心平氣和。

至於那些爾虞我詐與逢迎拍馬，你就當作在看一場充滿人性試煉的電影，以旁觀的心境了解就好，並且提醒自己不要成為那樣的人。任何工作依靠的終究是個人實力，那才是可長可久的本事。

親愛的，前方的道路還長，也許你曾經被一塊石頭絆了一跤，讓你一度感到疼痛，但它並沒有真的傷了你什麼。而且，也都過去了。找回自己曾有的期許與熱情，相信自己一定可以，這才是你的現在與未來。

## 6

哀傷的時刻還是偶爾會來臨，
那是必然的，也無須排拒，
就靜靜地和妳的哀傷在一起，
然後讓它像經過的河流一樣，
靜靜地流過去。

# 好夢

有人說，人生不過是上帝午睡打盹時所做的一個夢。

也有人說，你和上帝具有相同的創造力，而你的人生就是你創造出來的夢。

人生如夢，或者說，人生本是夢。因為是夢，所以太多事不需要太在意。

對待人生，隨時保持一種夢一般的心境，是隨時從負面情緒中抽離的方法。

但親愛的，你一定也希望做的是好夢吧，所以就算是夢，還是要為了你的人生好好努力，努力做好夢。

# 音樂療癒

你喜歡那首曲子。任何時候，它都可以讓你的心靈感到平靜安寧。你說它就像天使的翅膀一樣，來自天堂，總是承載著你在天空裡飛翔。

音樂其實是一種療癒，而且總是直接熨貼著你的心靈，因為音樂沒有國界，沒有時間和地域的限制，不需要解釋，也不需要翻譯。

所以，親愛的，常常聆聽讓你平靜喜悅的音樂，時時讓自己的心充滿正面的能量。

# 有時會這樣

你說，有時會這樣，什麼都不想做，或者說，不管做什麼都無法在其中安頓自己，只覺得沮喪焦慮，就像一艘失去航道的太空船，在漫無邊際的宇宙裡飄浮，也不知道自己是哪裡故障了……

那麼，來靜坐吧。來聽聽自己內在的聲音，聽聽你的心要告訴你什麼。

或是來大哭一場吧。用淚水釋放內在的鬱積，然後對自己說，有時會這樣，但沒事的，哭過了就好了。

# 內在的安全感

親愛的，你知道嗎？愈是缺乏安全感的人，愈是執著。

因為沒有安全感，所以心慌，想要被肯定，想要去攫取什麼。

那麼擁有了是不是就滿足了？不，正好相反，擁有愈多，負擔愈多，就愈擔心失去，也愈沒有安全感。

若能接受人生的無常變化，懂得放下，才有內在的安全感。

是的，親愛的，安全感從來都是來自內在，與外在無關。

# 水花

為了那件事，你想了又想，在某個懊惱的坎兒上反反覆覆徘徊不去；你想，如果那時怎樣怎樣就好了……若是那時怎樣怎樣，現在就可以怎樣怎樣……

但那件事其實早已過去，是你對它的放不下才讓它始終無法過去。

每個一瞬都是不會復返的當下，所以親愛的，放下了吧，別再多想，那已是時光長河裡消失不見的水花。

# 雲朵不是天空

你擔憂意外與無常，更擔憂可能會失去那個愛你的他。你說你無法想像若真是那樣，自己該如何承受失去的痛苦和其中的變化。

但是，就像暴風雨過後的天空從未消失一樣，你也不會因為經歷什麼或失去什麼，就再也回不到原來的自己。

即使最狂暴的打雷或閃電，都不會在天空裡留下任何痕跡。對於天空來說，風雨只是暫時經過，一切的變化都是過去了就清朗了，而對於你來說，也是如此。

親愛的，雲朵不是天空，你也不是你所經歷的事件。再怎麼難過的經驗總會過去，就像再怎麼灰暗沉鬱的積雲都會消散，風雨過後，又將還原為一片坦蕩遼闊的天空。

朵朵小信

# 雖然沒有他

妳說相愛的時光太短，而離別的日子太長。妳說以前從未想過，有一天自己竟然會成為訃聞上的「未亡人」。

妳心愛的丈夫在十五個月前離開人世，那時你們才剛新婚不久，他也才剛創業完成，你們還沒有孩子，但有一幢帶院子的房子，還有兩隻可愛的貓和一隻溫馴的狗，兩人的生活優渥又甜蜜，是人人稱羨的一對小夫妻。後來回想起來，妳說那樣夢一般的幸福太美好，美好得不像是真的，美好得讓妳有時會感覺不安，擔心自己隨時會從美夢中醒來。果然世事無常，誰也想不到，只因為一場感冒，竟會引發他一連串的身體惡化，一個壯年男子很快就形銷骨毀，最後竟撒手人寰。

從那時起，妳的眼淚就沒斷過。

妳並不只是為了自己往後寂寞的日子而悲傷，更是為了他如此年輕就離開人世而痛惜，為了他在人生最後的時光裡必須承受那樣的痛苦而怨嘆上天對他太不公平。也是因為經歷了這樣一場與至愛的死別，妳才知道原來悲傷可以那樣巨大，大到把妳整個人快要壓垮。曾經一起生活的另一半，那個有著心跳與體溫的最親密的人，如今成為一個冰冷的牌位，這樣的落差讓妳在漫漫長夜裡終宵難眠，因此妳哽咽著說：「短暫的幸福原來是以漫長的心痛交換來的！失去的感覺太苦了，我寧可從未得到。」妳也流著淚說，自己以後再也無法快樂起來了。妳甚至嚎啕痛哭，希望上天趕快也來把妳帶走，讓妳可以與他在另一個世界重逢。

親手送走最愛的人，這或許是人生裡最艱難的功課了，但是，親愛的，請給自己一個大大的擁抱，因為妳已經度過那最心力交瘁的一段時光。

最令人難過的其實不是所愛的人不在了，而是眼睜睜看著所愛的人受苦卻束手無策，無法為他分擔一絲一毫的痛，在過去那段反覆進出醫院的日子裡，妳在他面前強顏歡笑，卻在每一個背過身去的時刻簌簌流淚。因此當最後的離別到來，妳雖然為他的英年早逝而心痛，卻也為他終於結束痛苦而安慰。但妳必須強迫自己收束悲傷，因為接下來還有一連串有待處理的事情，他的喪事、他的公司、他的財務、他的家人……如果那樣的時刻可以都可以熬得過來，那麼以後再也沒有什麼是妳熬不過去的。

這也證明了妳比妳所知道的更勇敢，妳的內在比妳所以為的更強大。

失去的感覺雖然痛苦，但曾經得到還是比從未得到更來得幸福。愛是如此可遇不可求，而妳曾經深深地愛過也被愛過，這是得天獨厚的恩寵。夫妻關係不是生離就是死別，若是因為情變而分開，那必須經歷的愛的幻滅，這不也是一種死亡？而能從頭到尾保持愛的完整與深刻，對方縱使不在人世，卻仍在妳的心中栩栩如生，這不也是一種新生？

回想他仍在世的那段日子，妳應該明白，再相愛的兩個人之間還是有著清風可以穿透的空隙，所以妳一定也知道，即使親如夫妻，他還是他，妳還是妳；你們曾經相伴了一段美好的時光，曾經共享生命中夢一般的幸福，但你們終究還是兩個獨立的個體。他在的時候，還是有些妳自己才能明白的空洞得靠妳自己填補，而當他不在的時候，妳面對的是身而為人本質上的孤獨，那也是每個人都必須面對的孤獨。

但是妳當然可以再快樂起來，只要妳願意，一定可以再找回對生命的熱情，因此，去學一樣新的東西，去剪一個新的髮型，去開始一段新的旅行，然後，允許自己展開一場新的人生。

哀傷的時刻還是偶爾會來臨，那是必然的，也無須排拒，就靜靜地和妳的哀傷在一起，然後讓它像經過的河流一樣，靜靜地流過去。

他走了，卻成為妳的一部分；他愛妳，因此一定希望妳過得好。所以，好好活下去，這才是紀念他最好的方式。

親愛的，妳會愈來愈好的，為了他，更為了妳自己。或者說，雖然沒有了他，妳也還有妳自己。是的，無論未來妳會不會再遇到另一個可以愛的人，永遠永遠，都要好好愛自己。

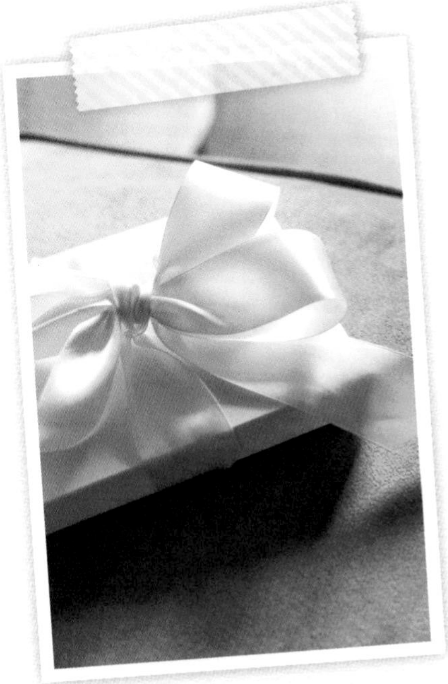

7

親愛的，這樣的經驗很痛，
卻也很必須，
因為每一次的失戀
都會讓你更看見自己，
也更鍛鍊內在的強大。

# 神秘的開啟

某個瞬間，像一個神秘的開啟，讓人瞥見天堂的光芒。

那個瞬間可遇不可求，無法尋找，甚至無法期待，只能讓它自己發生。

像是追著一隻美麗的蝴蝶，卻在毫無預期之下，進入了一座秘密花園。

或是抬頭仰望欲雨的天空，卻乍見天邊那稍縱即逝的閃電。

人生裡偶有這樣神秘的開啟，那不在預期之中的發生分外令人驚喜，

但親愛的，你要有一顆敞開的心才能接收，才會瞥見。

# 密室裡的舞蹈

覺得身體卡卡、心靈也卡卡的時候，放一段喜歡的音樂，跟著音符與節奏，自然地伸展你的四肢吧。

這是屬於你的即興創作，一場密室裡的舞蹈。

不必介意姿態是否優美，而是要讓你的身體線條流動起來。

無須在乎肢體是否協調，只是要讓自我的感覺昂揚起來。

舞者是你，你感覺著自己，享受著自己。

觀者也是你，你欣賞著自己，愛悅著自己。

親愛的，音樂是很好的嚮導，帶領你感覺自己的身體，探索自己的心靈。

而你常常需要這樣一場自由自在的舞蹈，去打開內在那扇密室的門，去釋放一個更快樂、更愉悅、更有魅力的自己。

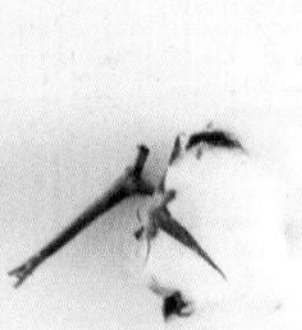

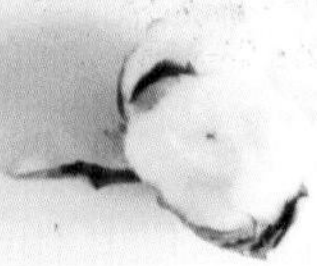

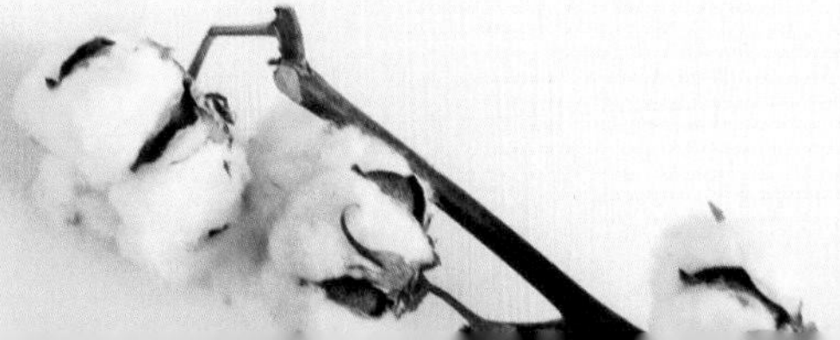

# 清清如水

水被倒入杯子，就成了杯子的形狀，被倒入瓶子，又成了瓶子的形狀。

但水依然是水。

無論外在如何變化，水都不曾改變它的本質。

水被蒸發進入天空，就成了雲朵的樣子，當密度與濕度達到一定的指數，水又落成了雨。

但水依然是水。

無論是哪一種樣態，水都可以回到它的初始狀態。

可以改變的是形狀，不能改變的是本質。在人生這條道路上，親愛的，你也要如水一樣，不管遇到什麼變化，也不管被放在什麼身分與位置，都要保持清澈的初心。

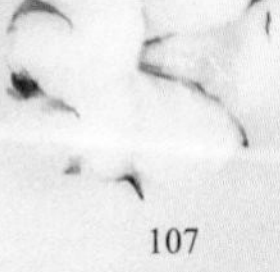

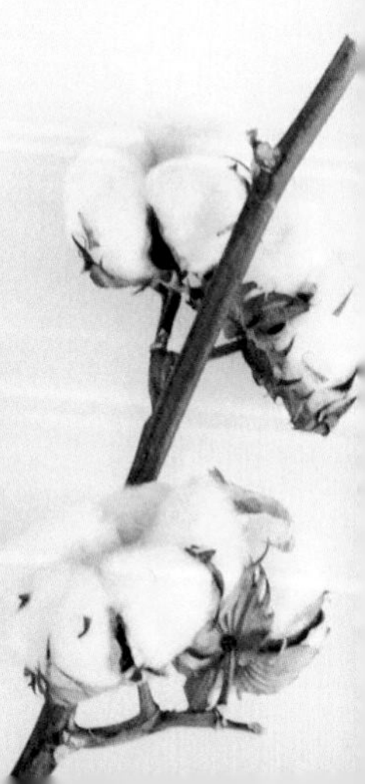

# 先讓自己快樂吧

你想把那件事做好，但因為求好心切，所以壓力好大。

那麼先去散散步吧，或是先去看場電影吧，總之，先做一些讓自己開心的事吧。

憂心忡忡是一種自我折磨，不能成就任何事情。但快樂可以讓你處於一種感覺昂揚的順風狀態。

因此，親愛的，鬆開你緊張的情緒吧，先讓自己快樂起來。

快樂是正面的能量，當你累積足夠的正能量，很多事都會自然地水到渠成。

# 創造更好的世界

想著你擁有的，而不是你缺乏的。

說著你想要的，而不是你不愛的。

感受著你喜歡的，而不是你厭惡的。

期待著你希望的，而不是你憂慮的。

當你這麼想、這麼說、這麼感受與期待的時候，因為吸引力法則的緣故，無形之中，你就在為自己創造一個更好的世界。

心念是一切的開始，所以，親愛的，常常檢視自己的心念，為自己創造那個你想要的世界吧。

# 讓蝴蝶飛來

那個小女孩追著一隻蝴蝶，邊追邊喊：「等等我呀！等等我呀！」但蝴蝶只是左閃右躲，繼續往前飛。最後小女孩跑累了，坐下來靠著樹幹，漸漸睡著了。時間也不知過了多久，當她醒來時，那隻蝴蝶正停在她的頭髮上。

你就像那個小女孩，追著某樣你所渴求的東西，卻是怎麼追也追不到。

那麼，別追了，讓自己進入當下。親愛的，當你成為當下的一朵花，你所追求的蝴蝶自然會飛來停在你的頭髮上。

朵朵小信

# 暖男孩的冬日之旅

你說你曾是朋友心目中的暖男，因為你一直努力做一個好人，那麼當那個百分之百的女孩在你生命中出現的時候，她將會知道，溫暖又認真的你值得得到這份珍貴的情感。

那也是你始終在盼望的一份情感，當你還是個少年時，就在等待的一份情感。

你遇見了幾個人，你一次又一次地以為她們就是那個百分之百的女孩，卻也一次又一次地失望了。你總是付出熱情卻得到冷回，你開始感到灰心喪氣。你想是自己不夠好嗎？為什麼沒有人願意珍惜你那顆閃閃發亮的真心？對於愛情的追尋，年輕的你心境日漸滄桑，幾乎要放棄。

就在你以為孤獨是你與生俱來的宿命時，愛情發生了。那是個來自日本的女孩，她的出現像一道絢爛的閃光，照亮了你的天空。你們曾經相愛，但她回到日本之後，你的訊息她漸漸已讀不回，後來更是不讀不回，難道這又是另一次期待的落空？難道她又是再一個只能目送的背影？為了得到一個確定的答案，你飄洋過海到日本去見她。是的，你是得到了一個答案，卻是你最不想知道的答案。

這是你短暫的初戀，在夏天開始的時候開始，卻也在夏天結束的時候結束了。

這一回，你徹底絕望。於是你從夏末直接墜入冰雪封印的冬天。

你自我封閉，你不想再理會這個無愛的世界，你一一刪去臉書與IG的朋友，你想，就讓世界毀壞吧，反正一切也沒什麼好留戀。

親愛的，年輕的時候，總會以為愛情是人生的全部，因此把全部的喜怒哀樂都寄託在愛情之上，但走過人生之後回頭再看，才會知道失戀不過就是一個經驗。這樣的經驗很痛，卻也很必須，因為每一次的失戀都會讓你更看見自己，也更鍛鍊內在的強大。

但這畢竟是你的初戀，愛情真的來過，得到之後的失去，比從未得到更令你痛徹心扉。

你上課下課，出門回家，活動的是你的軀殼，心境卻關閉在遙遠寒冷的北極。你像冬眠的熊一樣不理會外界，而當你終於想要再度走回人群時，卻發現朋友們都已經不在了。被愛情拒絕之後，你又被友情拒絕了。

你自嘲地說，這是你的咎由自取，朋友們曾經的關切一再被你擋在門外，如今落得這樣的下場，你無法責怪任何人。

於是你原本已經崩壞的世界又再崩壞了一次，夾雜著先前從來沒好過的新舊情傷，夾雜著人際關係的失敗。你覺得自己的大學生活完了，你的人生也完了，你說終其一生，你或許都要在悔恨之中度過。你不知該如何面對自己的過去和未來，於是你去看了精神科醫生，確定自己有了輕度的焦慮症。

親愛的，在長長的一生裡，你可能會遇見幾個冬季，但請永遠都要相信，春天一定也會來臨。世界可能崩塌，然而又要願意面對一切，也總會再度生出重建的力量。

而你從閱讀《朵朵小語》之中漸漸生出了這樣的力量，在文字的撫癒裡，你慢慢安頓了身心。這宛如一個復建的過程，雖然進程緩慢，但你畢竟是在好轉的路上。你開始會用簡單的炊具為自己好好做一頓飯，感受那種柴米油鹽的踏實滋味，從單純的日常裡重新感覺活著的感覺。

於是你寫了一封長長的信來，表示你的感謝，你說曾經以為的天崩地裂，如今已猶如在渾沌之中造出新的世界。你說雖然還是偶爾會有灰色的心情，但你知道，冰雪封印的日子已經過去了。

親愛的，就像樹木的枝椏要先清空冬天的舊葉，才能長出來年春天的新葉，在一切看似走到盡頭的時候，其實你會發現，生命不只有原先那條道路。

這是一趟走過地獄的心靈旅程，如今你已歷劫歸來，正在好轉的路上。

你本來就是個溫暖的人啊，但你要記得，必須先給自己溫暖，才能真正溫暖別人。這份從心裡發出的暖意與光芒，會讓你成為自己世界的太陽。

那麼，總有一天，在前行的路上，你將會在陽光下遇到那個真正百分之百的女孩。

# 8

許多感覺都只是幻覺，
它們不是真的，
就像催狂魔一樣，
那只是奇幻小說裡的
一種幻想怪物，
不是真的。

# 那是真的嗎？

當你覺得自己不夠好時，輕輕問自己：那是真的嗎？

當你覺得有人傷害了你，輕輕問自己：那是真的嗎？

當你覺得對這個世界失望，輕輕問自己：那是真的嗎？

當你沮喪、懷疑、失落、徬徨，輕輕問自己：那是真的嗎？

太多時候，你的感覺會衍生出太多虛幻的情緒，它們不過是頭腦中的雲霧，與真實毫無關係。

所以，親愛的，常常問自己：那是真的嗎？

那是真的嗎？輕輕一句，讓自己當下就離開自我造設的負面情境。

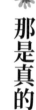

# 怎麼會不夠呢？

你常常恐懼自己的不夠。
恐懼自己不夠美麗，不夠聰明，不夠富有，甚至恐懼自己不夠正確。
因為總是覺得自己不夠，所以你也總是懷疑自己不值得你所想要的，也不配得你所喜歡的。
種種「不夠」的恐懼形成內在的遮蔽，讓你感到自己的不安與匱乏。
但是，那些恐懼都是你的頭腦裡幻生出來的怪物，並不是真實的存在。
當不安與匱乏的念頭干擾你的時候，閉上眼睛，感覺從你的心輪發出淨白的光芒，除去內在的黑暗。
同時告訴自己，想要的都不在外面，需要的都已在裡面。
是啊，怎麼可能不夠呢？一切其實無須外求。
親愛的，放下頭腦裡的種種計較與比較，回到自己的內心吧，如此，你也就回到了愛與豐盛的源頭。

# 只要衷心祝福

你總是東想西想，腦袋裡塞滿了各種不幸的猜測。

但你所憂慮的，往往是你自己胡思亂想衍生出來的，也是現實裡根本不會發生的。

憂慮是頭腦製造出來的詭計，就像電腦裡的惡意病毒程式，對你的人生沒有任何好處，因此有移除的必要。

移除憂慮的方式，就是把它化為祝福。而祝福是從心裡發出的。

當你的心裡充滿祝福，頭腦裡的憂慮也就消失了。

親愛的，一切都是平安的，衷心祝福每一個時刻吧。

# 你的身體是天使居住的天堂

如果你的心是一個天使，那麼你的身體就是天使居住的天堂。

欣賞你的身體，感覺它的獨特，也許它不像超級名模那樣完美，也許它不符合明星選拔的標準，可是它是你的，而親愛的，你是絕無僅有的。

愛你自己，一如上帝愛世人一樣。珍重你的身體，一如藝術家珍重他們的作品一樣。

一個有自信的人，要能看見別人的美麗，也要能看見自己的美麗。

一個快樂的人，要像天使那樣善良，也要像天使那樣擁有發自內在的光芒與能量。

# 煩惱是頭腦裡的雲霧

古經裡說，一切有為法，如夢幻泡影。

現代科學家也證實了，萬事萬物都是能量，眼前的一切，包括看起來真實的血肉之軀，其實都是一群聚合的振動粒子，你的身體只是幻象。

當你知道眼見無法為憑，當你明白這個世界並非真實的存在，當你懂得人生一切有如夢境，那麼你還會執著自己的煩惱嗎？

每當煩惱生起，就告訴自己，那只是頭腦裡的雲霧，並不是真的。

親愛的，你不需要煩惱，只需要輕輕揮手，讓雲霧散去。

# 擁抱脆弱的自己

窗外又下雨了，就像你的心情又忽然跌入谷底。

那麼，就接受這個不悅人的天氣，也接受這個不悅人的自己。

如果一年三百六十五天都是陽光普照的日子，生活將少了許多層次，若永遠都是笑容滿面的自己，其實也會有些無趣。

親愛的，允許自己有不快樂不堅強不振作也不想面對這個世界的時候吧，不必把自己當成一本勵志手冊，人生不是每一頁都只有正向積極的詞句。

接受真實的自己，可以生氣，可以悲傷，可以像下雨一樣地哭泣，而這樣的你，一定也可以擁抱這個脆弱的自己。

朵朵小信

# 寫給憂鬱的妳

陰天欲雨的這一天，我收到妳的來信。妳說，自從十七歲起，妳就被灰色的心情所籠罩，如今妳的年紀比十七乘以二還多了五，在這樣漫長的歲月裡，因為重鬱的緣故，妳的人生曾經空白了許久。回首來時路，那是一段十分艱辛也十分痛苦的過程，有好幾次妳都覺得再也撐不下去了，但妳的身旁那些愛妳的人，還是拉著妳的手一步步地走了過來。後來妳以運動擺脫了藥物的控制，找回了對生命的熱忱。妳覺得自己已經康復了。

然而最近妳又開始輕易就淚流滿面，於是妳知道自己又陷入了情緒的低潮，不，那不只是低潮，更像是一個漩渦，要把妳再度捲入那個暗黑冰冷的世界。而且這回不只是心理上的狀況，還有生理上的問題。雙魚座的妳說，妳覺得自己就像一隻快要溺斃的魚。上班的時候妳常常躲在洗手間裡哭泣，不知如何停止，不知該把自己怎麼辦。妳的主管因此給了妳一個長假，讓妳先處理好自己再回去面對工作。

長達二十二年的時光，人生最精華的歲月，妳都必須與憂鬱對抗，那是怎樣辛苦的經歷啊！親愛的，只要想像妳曾經遭受的折磨，就不禁令人心疼。

妳知道嗎？J.K.羅琳也曾有過一段憂鬱的時期，她把那種失魂的感覺形容為「催狂魔」，後來這個名詞被她寫進《哈利波特》裡，成為主角必須抵抗的一種怪物。那種忽然而來的低落，彷彿被某種暗影掃過的死寂與荒涼，或許不是每個人都可以了解的，但沮喪、悲傷、無助、絕望，卻是每個人都曾經歷過的。

可以這麼說，人人都有自己的催狂魔。也因為如此，所以我們或許無法對他人的痛苦完全感同身受，但總是能夠試著體會。

親愛的，我也有沮喪悲傷的時刻，當我的催狂魔來襲時，如果是可以處理可以解決的事情，我就面對它處理它；如果是不可處理不可解決的心情，我則會告訴自己，眼前這一切只是一場夢，不是真的，不必在意，然後我就放下它。

世界上最無常的東西，正是自己的這顆心。我們的心總是在統攝並感覺當下的一切，但決定感覺是正面或負面，是快樂或憂愁，來自於我們對一件事的認知；而同樣的一件事，不同的人有不同的認知，因此也會有不同的感覺。所以，太多時候，我們不是被事件困住，而是被自己的感覺困住了。

但所謂感覺，其實是非常虛妄的，它是心靈的煙霧，是非真實的存在，往往一個轉念就可以散開。

然而親愛的，我明白那種極度抑鬱的感覺對妳而言，是確確實實的發生，也並非轉念就會散去的輕煙，因為那或許與某種更複雜的腦內物質有關，是人類的醫學還無法有效處理的一種疾病，但我還是希望妳能了解，許多感覺都只是幻覺，它們不是真的，就像催狂魔一樣，那只是奇幻小說裡的一種幻想怪物，不是真的。

因為不是真的，所以我們不需要認同它。如果我們不認同它，它就不能真正傷害妳。

妳曾經因為喜歡運動而擺脫藥物控制，這是非常好的，因為運動是身體的敞開，藉著敞開身體，我們可以敞開心靈。而且運動時，妳會專注於自己的身體，那也是一種活在當下的方式。所以要繼續保持運動的習慣，它對妳一定有很好的幫助。

要多曬太陽，趁著有陽光的好天氣到外面散散步，看看花，聞聞青草的芳香。陽光是來自宇宙最強大的能量，它的光和熱既然能融化一切冰霜，也能治癒憂鬱的心靈。陽光是心靈的特效藥。

要相信妳的專業醫師，遵照醫囑服藥。

要相信自己是被愛的，常常想著那些愛妳的人。

也要相信自己是有能力去愛的，也常常想著那些妳愛的人。

最重要的是，親愛的，要相信自己，然後一切都會漸漸好起來的。

8 9

# 9

每個人都有自己的人生旅程，
許多時候也只能自己一個人走，
所以在還有機會相處的時候
要及時去愛，
那麼當必然的離別到來，
也就不會留有太多遺憾。

# 沒有一朵花不活在當下

花開在深山野地裡，花也開在皇后的花園中，無論花開在哪裡，花都是毫無保留地展現她自己，不會因為有人看見還是無人欣賞，就改變她的姿態，不管外界環境如何，花都安然自在。

因為花的綻放不為了誰，只為了綻放的本身。

沒有一朵花不活在當下，所以也沒有一朵花會遲疑猶豫。

親愛的，活得像一朵花吧，盡情地綻放你自己，無論你在哪裡，無論有沒有人看見你欣賞你，都毫無保留地展現你自己，這就是你獨一無二的風采，也是你無可取代的美麗。

# 煮一碗湯

心裡寒冷的時候，給自己煮一碗熱熱的湯吧。

找一口鍋，把水燒開，在冷水漸漸煮沸的過程裡，你的心也慢慢溫暖了起來。

然後在滾燙冒煙的水中陸續放進你喜歡的食材，嫩黃的玉米，翠綠的青豆，雪白的魚丸，切塊的馬鈴薯，還有讓你感到開心的許多其他，把它們煮成一碗香氣濃郁的湯。

趁著還燙，慢慢地品嘗它的滋味，讓這碗湯溫暖你的腸胃，療癒你的心靈。

於是你的心又熱了起來，你的眼睛發亮，你又再度有了面對一切的勇氣與能量。

煮一碗湯，像是白女巫的巫術，這是一個讓自己快樂的儀式，也是一種愛自己的方式。

# 給自己煎一個太陽蛋

若是一早醒來，發現是陰天，窗外沒有陽光，沒關係，你可以給自己製造一個小太陽。

在煎鍋裡敲下一只蛋，讓蛋黃在蛋白中央，煎出太陽的形狀，然後撒上一些胡椒粉，你就有了充滿太陽能量的早餐。

就像給自己煎一個太陽蛋一樣，當你遇到了令人低迷的事時，更需要想一些讓你振奮的事，來製造心中的小太陽。

親愛的，人生是不可預期的，但你的快樂是可以自己製造的；世界是變化無常的，然而你心中的光芒總是可以將自己照亮的。

## 最重要的關係

你活在人際關係裡，你有著與各種關係對應而來的身分，你可能是某人的孩子，某人的父母，某人的同學，某人的老師，某人的朋友，某人的情人，某人的同事，某人的上司……你因此有了各種責任與義務，同時也有了各種快樂與煩惱。

當種種身分都消失，回到你自己一人的時候，只有你和你自己的關係，你喜歡嗎？沒有了人際關係的座標，你依然可以肯定自己的存在嗎？

自己一個人的時候安然自在，這才是最重要的，因為親愛的，你和自己的關係是美好的，和他人的關係才會好。

# 赤足走在草地上

親愛的，你有多久沒有赤足走在草地上了？

當你還是個孩子，曾經搖搖擺擺、咯咯笑著，光著腳在草地上來回奔跑，那時的你是那樣無憂無慮，百分之百的快樂。

那麼，像個孩子一樣，找個有陽光的好天氣，再重溫那種把自己的雙足放心交給大地的信任感吧。

堅實的土地承接你，濕潤的青草撫觸你，你的每一步都與地球直接連結，這是實實在在的療癒。

多年來層層堆疊的鬱積，不管那是什麼，都交給大地這個溫柔的母親。只要你願意親近她，她就會毫無保留地包容你。

於是你赤足走在草地上，一直走，一直走，走回浮雲流水，走回一個天真無邪的自己。

# 寧靜

寧靜意謂著，心裡沒有任何紛紛擾擾，沒有百般糾結的念頭，只是一片純淨空無，任吹過的風自由來去。寧靜並不是死寂無聲，而是有風流動的狀態。

因為心是靜的，所以所有的聲音都分外清晰，樹葉落下的聲音，花朵綻開的聲音，溪水淙淙流過的聲音，林間鳥兒拍翅歌唱的聲音……一切都歷歷分明。這些水聲、風聲、森林之聲，帶你進入更深的寧靜。

每一棵樹都有獨一無二的姿態，每一朵花都有獨一無二的身世，你行走其中，彷彿也成了一棵樹，一朵花。

走到寧靜最深處時，親愛的，你會在每一朵雲影，每一道天光裡，看見神的存在。

朵朵小信

# 至親至愛離開之後

你很愛你的母親，自從父親在十多年前離去之後，母親就是你唯一的依靠。你說她是你背後的推手，那雙曾經推動你的搖籃的雙手，後來在你成長的過程裡也推動了你的世界。你冀求那雙溫柔又堅定的手可以一直在你身後，給你支撐，給你溫暖。你說普天之下，唯有母親的愛完美無瑕。

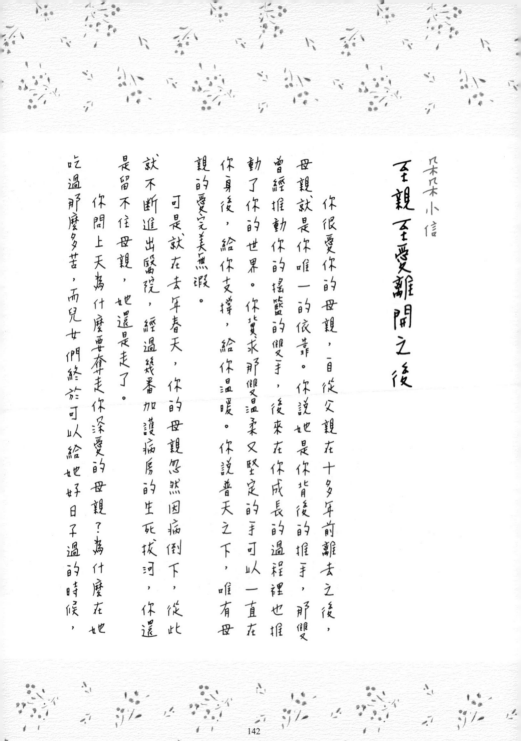

可是就在去年春天，你的母親忽然因病倒下，從此就不斷進出醫院，經過幾番加護病房的生死拔河，你還是留不住母親，她還是走了。

你問上天為什麼要奪走你深愛的母親？為什麼在她吃過那麼多苦，而兒女們終於可以給她好日子過的時候，她卻離開了這個世界？你說多麼希望還能在母親的身旁，當一個有權利撒嬌的幸福女兒。你曾經因為要照顧母親而學會堅強，母親一旦走了，你的支柱也倒了，太多的思念讓你淚水成河，再也無法堅強。

親愛的，對於你愛的人與愛你的人，相聚的時光永遠太少，而離別永遠來得太早。當至親至愛的人一旦成為過往的回憶，此生再也無法相見，就令人覺得餘生如此難熬。

離去的人就像奔赴天國去遠遊，母親所去的地方，有一天你也會去，她只是先走一步。你們會在遙遠的彼岸重逢，那將是一場更高次元與更高意識的重逢，而在那個脫離了塵世的次元裡，你會明白一切的分離只是小我世界的幻象，是為了讓你學習人生的功課。

學會告別，就是人生的必修課程。人必須單獨地來，也必須單獨地走，再親再愛的人也不能陪你到永久，同樣的，你也無法陪伴任何人到他的生命終了之後。

每個人都有自己的人生旅程，許多時候也只能自己一個人走，所以在還有機會相處的時候要及時去愛，那麼當必然的離別到來，也就不會留有太多遺憾。

你從不吝言說出對母親的愛，她也真真切切地感受到了你對她的愛，這樣就夠了。當離別的時刻到來，我們所愛的人需要的是我們的祝福，而不是我們的不捨，否則他們無法放心離開。

其實是該為你的母親欣慰的，近乎一年的時間裡，她都承受著病痛的折磨，現在她解脫了，終於可以像蝴蝶一樣地飛去了，她已自由自在，就別讓她再為你牽掛。

先走一步的親人只是換了一種能量與一種頻率與我們相處，只要一想起至親至愛的人，他們就宛如來到眼前。所以，當你想對母親訴說什麼的時候，就在心中默唸吧，她會知道的。

你的母親雖然離開了，但你從未失去她，也永遠不會失去她，因為，親愛的，只要思念還在，愛還在，你所愛所思念的人也就還在。

# 10

當世界變大了，
煩惱就變小了。
當眼界遼闊了，
心中的邊界也就消失了。

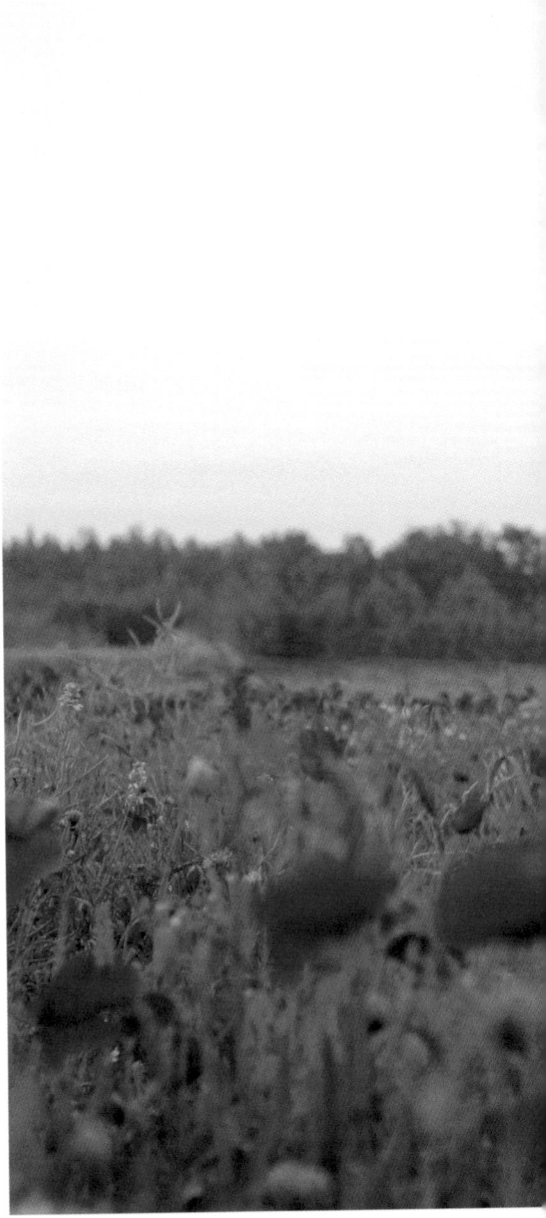

# 在路上

當你覺得腦汁彷彿正在漸漸凝固，生活好像很難再有驚喜，當你感到日子像是一成不變的複印，每一個今天只是重寫每一個昨天，那麼，就是你該去旅行的時候了。

讓自己流動起來，打破那個僵化的封印。去哪兒都好，重要的是，你正在路上。

人生總是在路上的。親愛的，只要在路上，你就處於流動的狀態，於是某些舊的就會流過去，某些新的就會流過來。

# 世界很大

如果你對某個人念念不忘，可能是你認識的人太少。

如果你對某件事耿耿於懷，可能是你生活的經驗不夠。

若是這樣的念念不忘和耿耿於懷讓你不快樂，那麼，就出發吧。

去認識各式各樣的人，去經歷各式各樣的事。

去看看這個世界的遼闊，然後，你會發現內在也漸漸遼闊。

當你心裡是大片的山與大片的海，那些人那些事對你來說也就如過眼雲煙了。

親愛的，不要只凝視眼前的池塘。世界很大啊，要快快出發。

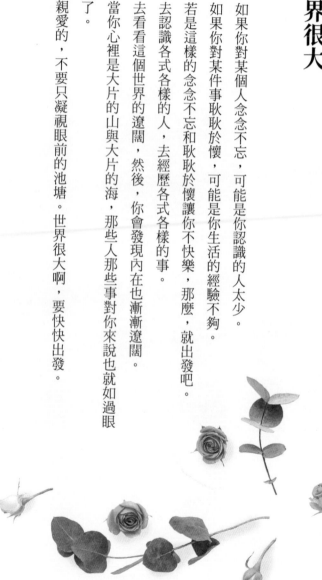

# 另一個自己

有時候，你會對眼前的一切感到厭倦，只想不顧一切地離開。

你說你對自己的人生好失望，卻又覺得彷彿深陷在生活的流沙裡，只能下沉。

親愛的，那就離開吧。

到一個從沒去過的地方，找一間房子，住一個晚上，走出原本生活的軌道，你會發現另一個自己，一個內在更廣大、心境也更平靜的自己。

以另一個自己來看原本的自己，這時，你會看見問題的關鍵。也或許，你會發現原本的困境只是自設的僵局，只要放下之後就不再是問題。

而你也明白，就像暫時的離開是為了回來，這另一個自己，其實一直都在你心裡。

# 用你最美的杯子喝水

你買了一個很美的杯子，卻不曾使用它，於是它只有兩個下場：

買來就束之高閣，每隔一段時間拿出來擦拭一番，然後再度束之高閣。

買來就束之高閣，但因為太忙而沒時間擦拭一番，久了就忘了它的存在。

東西要使用才有價值，如果你從來不曾用這個杯子喝水，那麼它之於你的意義是什麼呢？

就像你明明擁有大好的生命，卻從來不曾真正做自己，那麼人生之於你的意義又是什麼呢？

親愛的，用你最美的杯子喝水，普通的水也會分外甘甜；勇敢地成為你想要成為的那個人，生命就有了只屬於自己、絕無僅有的滋味。

# 和晨光一起醒來

親愛的，你有多久沒有在旭日東昇的時刻起床了？

早晨的陽光具有振奮人心的效果，沐浴其中，你的整個人從頭到腳全部煥然一新。

這直接來自宇宙的光和熱，提供了地球所有生命的能量，也為你的身心注入源源不絕的暖意。

晨光在你的四肢百骸間流動，靜靜融解一切鬱結，也漸漸融化你心頭的積雪。

和晨光一起醒來，進入光芒萬丈的一天，這充滿希望的感覺，讓你帶著喜悅的心去相信，自己想要的一切都會在陽光下實現。

# 隨風去旅行

該有一場這樣的旅行。風往哪裡吹，就往哪裡去。沒有預設的目的，也沒有沉重的行李，不做任何行前規劃，全憑途中當下的心情。

像落葉，身心一片輕盈。別想太多了，只要隨風去飛就好，愉悅而放鬆，最後落到哪裡都無所謂，旅途本身就已夠回味。

人生不也是這樣嗎？最精采的總是意外發生的，最驚喜難忘的總是預料不到的。真正重要的從來就不是目的，而是獨一無二、不能重複的過程。

該有一場這樣的旅行，讓你的心像風一樣瀟灑，也讓你的存在像風一樣自由地來去。

朵朵小信

# 把世界變大的勇氣

你說生活日復一日，沒有變化，生命停滯不前，沒有火花。

你說希望的都沒有實現，惱人的卻環繞身邊，每天重複做的都是不想做的事，必須見的都是不想見的人。

你說常常在早晨就覺得好累，卻也常常在黃昏時分感到一事無成的空虛。

你說找不到活著的意義，缺乏持續的動力，不明白自己為什麼在這裡，更不知道究竟要到哪裡去。

那麼，親愛的，一個人去旅行吧。

不需要帶太多行李，讓身和心都輕盈，也不需要預設一定的行程和目的，允許自己隨心所致，也相信自己可以隨遇而安。

總之，放下那些太多的考慮，上路，就是了。

想得太多的人總是裹足不前。如果每一個環節都要事先擬定好，也就失去了那種帶著冒險成份的探索樂趣。

把自己投入未知，測試自己的底限與彈性，這其中的突破會帶來真正的成就感，讓你認識另一個前所未有的自己。

一個人旅行是和自己的動態對話，是內在和外在的同時流動，也是個體的心靈與這個世界相互映照的過程。你會有源源不絕的新發現，也會有源源不絕的新看見，不只是發現不同的外在，你也發現了不同的內在，不只是看見不同的風景，你也看見了不同的生活形態，這些新發現與新看見會讓你打破許多陳舊的心態與想法，得到屬於自己的領悟，而種種的領悟都是能量的累積，能讓你成為一個更有生命力的人。

有些人坐在自己的井裡，以為天空就只有井口那樣大，以為世界就是井壁上的水垢與青苔，而他們所煩惱的也只是井底的事罷了，除非離開那口井，否則永遠無法了解真正的世界是什麼樣子，也無法體會生命還有其他可能。他們不知道無須留戀這口井，那不過是給自己造設的限制，是生活的陷阱。

在一個地方停止不動，會有坐井觀天的危機，會讓人漸漸地在原地下陷，唯有離開原來的井，生命才有可能改變。

所以，親愛的，要有把世界變大的勇氣。

當世界變大了，煩惱就變小了。

當眼界遼闊了，心中的邊界也就消失了。

那麼還有什麼好猶豫呢？世界這麼大，有這麼多你從來沒去過的地方，與其築著自己的井，不如準備出發。

讓自己成為風，成為雲，成為河流。生命的本質是以流動的形式而存在的。因此，讓自己流動吧，流動是讓一切發生的關鍵。

旅行，就是一種流動，身的流動，心的流動，內在與外在的流動。

旅行的意義不在於臉書的打卡，不在於拍照與購物，而在於你發現，你看見，你有所感觸與領悟。那樣的領悟不是他人告訴你的道理，不是閱讀而來的知識，而是身體力行的感受。

旅行重要的也不是那最後的到達，而是到達之前的過程，那才是你獨一無二的經驗，目的地不是。

和自己一起去旅行，你切身地體會了一個人的寧靜與甜美，縱使有孤獨的時刻，孤獨之中也有無與倫比的自在和自由。

經過了一場一個人的旅行，再回到原來的生活中時，你對許多日常的感覺也就不一樣了。你還是你，但已不再是從前的你，而是一個更寬容、更柔軟、內在更強大，也更能接受外在一切變化的你。以這樣的你去面對人生，很多事情也就不一樣了。

這樣的你會知道，人生裡的時時刻刻，無論在路上還是在日常生活裡，你都是剛剛好的自己。

這樣的你也會知道，人生就是你和自己的一場旅行，而親愛的，這個剛剛好的自己，正是你永遠的伴侶。

國家圖書館出版品預行編目資料

朵朵小語：現在的你，就是剛剛好的自己 / 朵朵著. -- 初版. -- 臺北市：皇冠, 2019. 07
面；公分. --（皇冠叢書；第 4771 種）(朵朵作品集；10)
ISBN 978-957-33-3453-8（平裝）

863.55　　108009191

皇冠叢書第 4771 種
朵朵作品集 10

# 朵朵小語：
# 現在的你，就是剛剛好的自己

作　　者—朵朵
發 行 人—平雲
出版發行—皇冠文化出版有限公司
臺北市敦化北路 120 巷 50 號
電話◎ 02-27168888
郵撥帳號◎ 15261516 號
皇冠出版社（香港）有限公司
香港上環文咸東街 50 號寶恒商業中心
23 樓 2301-3 室
電話◎ 2529-1778　傳真◎ 2527-0904
總 編 輯—龔橞甄
責任主編—許婷婷
責任編輯—蔡承歡
美術設計—嚴昱琳
字體提供— justfont
著作完成日期— 2019 年 6 月
初版一刷日期— 2019 年 7 月

法律顧問—王惠光律師

讀者服務傳真專線◎ 02-27150507
電腦編號◎ 421013
ISBN ◎ 978-957-33-3453-8
Printed in Taiwan
本書定價◎新臺幣 280 元 / 港幣 93 元